www.tredition.de

AF185919

Danke Rüdiger

für die Bereitstellung des Automobils
Austin 7, Ruby, Baujahr 1935

Oldtimerhandel KFZ-Meister Rüdiger Mehler,
Garbsen

Birgit Herwig

Literarische Ausfahrt

Einsteigen, mitfahren und lesen!

www.tredition.de

Umschlaggestaltung: Birgit Herwig
Satz, Korrektorat: Corinna Podlech, Hamburg
© alle Bildrechte: Birgit Herwig (Privatarchiv)

Verlag: tredition GmbH, Hamburg
ISBN: 978-3-8495-0371-0
Printed in Germany

Bibliografische Information der Deutschen Nationalbibliothek: Die Deutsche Nationalbibliothek verzeichnet diese Publikation in der Deutschen Nationalbibliografie; detaillierte bibliografische Daten sind im Internet über http://dnb.d-nb.de abrufbar.

Dieses ist ein Geschenk,
ihr könnt was daraus machen,
weinen oder lachen.
Oder schenkt es weiter,
dann werden auch die anderen mal wieder heiter.

Die Literarische Ausfahrt ist während meines Romans „Aussteigerin erzählt" entstanden.

Aus dem Tagebuch von Anna Dud.
Vom Luxus zur Gartenlaube.
Top Unternehmerin probiert Hartz IV und Liebe übers Internet.

Einfach mal wieder nachdenken, in sich kehren
und nicht dagegen wehren.
Ich bin einfach fortgegangen, ohne Bangen.
Wenn ihr etwas ändern wollt, dann müsst ihr es einfach tun, oder weiterhin ruh'n.
Dann guckt zu, aber lasst die anderen in Ruh!
Habt keine Angst, jeder von uns kann etwas ändern.
Schaut in den Spiegel und fangt bei euch an.

Tut was ihr wollt, denn die Zeit ist viel zu knapp.
Warten, warten, das ist auch eine Möglichkeit,
aber habt ihr auch wirklich noch die Zeit?
Jeder von uns ist ein Individuum und kann etwas tun.

Ich nehme euch mit auf meine Reise, dann seid ihr dabei.
Steigt ein, seid bereit, ob allein oder zu zweit.
Wir fahren über Höhen und Tiefen,
das ist das Leben, wie es uns gegeben.

Eine einfache Lyrikfahrt,
die für jedermann verständlich ist.

Inhaltsverzeichnis

Ich sehe euch, aber seht ihr auch mich?

1 / Ich schenke mir Zeit

Bin auch bereit, etwas dafür zu tun
Mein Körper muss etwas ruh'n
Denn das Leben geht stets weiter
Ich bin doch nach dem Ruhen wieder heiter

Und dann kommt mein neuer Weg
Dafür ich „alles Vergangene" wegleg'
Auch wenn der Schritt sehr wehtut
Ich habe den Mut

2 / Nur ein kleiner Moment reicht

Nur ein kleiner Moment reicht
Dein Leben verändert sich ganz und gar
Nur in einem Moment ist es passiert
Nichts ist so, wie es war

Deine Villa, dein Boot, die Autos, das Gold
Doch nur durch diesen einen Moment wirst du arm
Dein Reichtum zählt nicht mehr, aus und vorbei!
Was nun?
Gibt es noch was zu tun?
Verschwunden im Nu, weg bist du

Spätestens dann fragst du dich
Habe ich auch wirklich alles getan?
Habe ich je an diesen Tag gedacht
Nur einen Moment mit diesem Gedanken verbracht
Dann legst du los
Das bleibt dein Trost

Der eine verkauft alles oder verschenkt
Auch wenn es ihn jetzt erst dazu lenkt
Doch alles Materielle nützt nichts mehr, an dieser Stelle
So ist das mit dem Leben
Wir müssen es so nehmen

So wird ganz plötzlich dieser eine Moment zum Geschenk
Dafür bin ich dankbar jeden Moment
So schenke ich mir Zeit, dazu bin ich jetzt bereit

3 / Ich besitze eine rote Reisetasche voller Leidenschaft

Ich schwanke, wie besoffen
So bin ich betroffen
Aber ohne Geld
So bin ich zurzeit gestellt
Den Kopf voller Gedanken
Ohne Schranken
Für jeden Weg offen
Bin nicht besoffen
Nein, bin ganz klar im Kopf
Denn ich will leben
Heute, hier und jetzt in ein neues Leben schweben
Mein Herz ist schon schwer verletzt
Schreit täglich um Hilfe, völlig überlastet
Weil mein Körper nicht mehr rastet

Hilfe, wer rettet mich?
Nein, ich darf nicht fluchen
Muss einfach nach meinem Weg nur suchen
Den ersten Schritt bin ich gegangen
Doch meine Seele ist am Bangen
Da ist nun dieser eine Mann, den ich beginne zu lieben
Mit all meinen Trieben
Doch was soll der nun von mir denken
Die Frau ist nicht mehr zu lenken?
Aus, stopp, vorbei
Das war mein Hilfeschrei
Wenn der Mann mich mag, so wird er verstehen
Dass ich muss hier fortgehen
Denn nichts bleibt wie es war
Dennoch ist mein Weg glasklar

Nun suche ich eine Zukunft, ein Zuhause
Möchte machen mal eine Pause
Ich bin gespannt, wo mich mein Weg hinführt
Vielleicht öffnest du deine Tür und ich bin bei dir
Oder es kommt ganz anders
Hältst mich für völlig verrückt
Doch entzückt
Weil es klappt im Bett
Oh Schreck, dann laufe ich ganz weit weg

So bete ich, denn ich glaube an mich
Ein Auge lächelt und denkt an dich
Das zweite Auge weint, denn das bin ich

4 / Oh lieber Gott

Ich bin bereit
Werde alles weggeben
Dann nach Irgendwo dahinschweben
Mein Herz ohne Schmerz
Vielleicht meine Seele voller Traurigkeit
Doch ich bin bereit

Auf was will ich noch warten
Meine Beine wackeln hin und her
Sie haben keine Kraft mehr
Jede Träne schlucke ich hinunter
Doch mein Inneres ist noch munter

Würde ich in Ruhe warten, 100.000 Euro erwarten
Ich brauche ein wenig Geld
Bin doch gerade nicht so gut gestellt
Aber das ist doch alles nur materiell
Was für ein Quatsch
Was für eine Qual
Ich habe doch die Wahl

Zu spät
Gedemütigt werden von der Bank
Nein, dann verschenke ich lieber alles
Nur mich nicht!
Dann bin ich frei und damit reich
Auch wenn ich bin nicht der Scheich

Wenn ich gehe fort, nur mit meinem roten Schal
Mir ist das völlig egal

5 / Liebe – Hoffnung – Glaube

Lang ist es her
Dass ich wollte mehr
Nun habe ich wieder Triebe
Das Bedürfnis nach Liebe

Habe einen Mann kennen gelernt in einem Zug
Dazu Liebesbriefe wie im Flug
Doch irgendwann war es damit genug
Aber warum waren wir zu dumm?
Was nun
Was ist zu tun
Nach solcher Art und Weise
Ganz leise
Traurigkeit, Tränen
Nein, nein
Setz dem ein Ende!

Jetzt nimmt mein Leben eine Wende
Finanzielle Schwierigkeiten sollten niemanden aufhalten
Auf seiner Reise
Nun habe ich wieder Mut
Das tut wirklich gut
Freunde, eine Freundin
In solch einer Situation
Und weiter geht es schon
Wieder kommen Liebesbriefe angeflogen
Ich sehe dein Gesicht vor mir, so bist du bei mir

Die Hoffnung war nur kurz erloschen
Jetzt funkeln wieder beide Augen
Frei von Sorgen
Und warten auf Morgen

6 / Ein Traum

Ein Traum ist wie eine Welle
Der eine schaut ihr nach
Der andere schwimmt mit ihr

7 / Glück

Glücklich ist der, der das Glück annimmt
Nicht zu jeder Zeit, steht das Glück uns bereit

Glück ist für uns Wärme, wenn es kalt ist
Auch wenn du im Wald bist
Glück ist eines Freundes Hand
Für mich, wenn ich träume und liege im Sand
Nun bin ich hier im fernen Land
Weit weg von meinem Strand

Glück ist auch ein gutes Buch
Oder ein freundlicher Besuch

8 / Die Illusion

„Die Illusion, ein Wochenende in der Schweiz …"

Meine Freundin sagt:
Ach, du läufst einer Illusion nach
Ein Mann aus dem Internet
Wie nett, aber ist diese Geschichte wahr
Glasklar?
Hast du denn eine Meise
Gehst auf eine Reise
In die Schweiz, welch ein Reiz
Aber was ist, wenn du kommst wieder,
von deinem Wochenende
Ist dann auch deine Illusion zu Ende?

Dein Edelmann, ein Investmentbanker
Ein großer Denker
Was ist das schon
Ob eine Million oder nur eine Illusion

Meine Freundin sagt:
Du hast die Illusion ausgelebt
Bist von der Erde geschwebt

Vielleicht nur für ein Wochenende
Aber in deiner Erinnerung bleibt sie schon,
vielleicht bis zu deinem Ende
Auch wenn es ist nur eine Illusion!

9 / Eine Nacht im Hotel

Wie schön ist es doch heute Morgen
Frei von allen Sorgen
Eine Kirche gegenüber
Ein Lied in mir

Ich fühle mich so rein
Und will nur sein
Dein
Immer und Ewig
So bin ich gestellt
Hier und jetzt
In Deiner Welt
Du bist ein Mann aus der Schweiz
Mit einem großen Reiz

Ich habe nicht mit Dir geschlafen
Doch fließt Du in mir

Gegenüber eine Kirche
In mir ein Lied
Es klingt das Lied der Zufriedenheit, heut

Was wird geschehen?
Werden unsere Herzen beben
Füreinander

Ich muss wieder gehen
In mein Land
Dir nicht unbekannt
Mein Fenster weit geöffnet
Draußen die Natur
Ein Rabe kräht

Ich, von Wald umgeben
Tannen so grün, leichtes braun
Der Herbst sagt sich an

In einer Stunde bist Du hier
Schöner Mann
Und holst mich ab

Ich voller Gier nach Leidenschaft

Bin so zufrieden
Möchte laut brüllen!
Doch die Natur ist mit mir
Und wird mich stillen

Wie wird es weitergehen?
Ich werde Dich gleich sehen
Gestern noch warst Du mir unbekannt
Auch Dein Land
Doch fühle ich Dich so nah
Bei mir

Dieses Lied ist so schön
Mit Dir

Doch ist es nur eine Hotelnacht
Und ich bin gerade aufgewacht

10 / Gedanken in einer Abflughalle

Oh lieber Gott
Ich danke Dir
Für den Tag, für die Nacht
Ich habe mir das nicht ausgedacht

Habe ihm erzählt, über mein Leben
Er hat mich **nicht** ausgelacht
Dabei angesehen
Er gab mir all die Zeit
Die Zeit, die nötig war
Für alles, was einmal geschah
In meinem Leben
So habe ich ihm mein Vertrauen gegeben

11 / Lieber Gott

Ich bin tief im Innern so allein
Einsam
Bin doch als Frau geschaffen
Ich möchte Liebe geben, möchte Liebe nehmen
Sollte ich das denn ganz vergessen?
Wir sind doch nicht im Krieg
Ich sehne mich so nach Liebe und Zärtlichkeit
Ich muss hier ausbrechen
Meine Existenz aufgeben, egal
Auch wenn es ist mein Ende
Ich kann aber immer zurückblicken
Würdevoll Abschied nehmen
Von Hamburg, meiner Praxis, meiner Welt

Aber wenn ich das jetzt nicht tue, dann ist es zu spät
Um mich herum wird gestorben
Wer ist der Nächste?
Menschen, die ich so lieb habe, gehen einfach von uns …!?
Krankheiten, die es doch früher nicht gab
Ich will leben!!!
So lange es mir vorgegeben
Ich will schweben, das tu ich jetzt
Auch wenn es ist nur für kurze Zeit, ich bin dazu bereit
Auch bei Geistheilung muss man es wollen, ich will!
So Gott mich lässt
Wieder überfällt mich Traurigkeit, ist es schon zu spät
Nein!
Die Zeit dafür ist gerade richtig
Ich will mich ja nicht ausruhen
Ich habe noch Ziele und bin danach süchtig

Oder bin ich nur der Diener anderer?

Genug davon
Aber es war doch auch schön
Dieses Gefühl gespürt zu haben
Gebraucht zu werden
Etwas geschafft zu haben, im Leben
Etwas zu hinterlassen, kleine Spuren
Kein Reichtum

Aber nun ist genug
Doch bin ich für diese Zeit sehr dankbar
Sie hat mich geprägt
Zu dem gemacht, was ich heute bin
Auch das macht das Leben aus
Auch wenn es schwer war
Doch dankbar für meine Kinder
Dankbar für meine Enkel
Ich habe Freunde
Beruflich etwas geschafft
Drei Bücher geschrieben
Und darf mit 51 Jahren noch einmal erfahren
Wie es ist zu lieben!
Die Erotik in mir
Ich bin so glücklich, ich könnte die ganze Welt umarmen

Es ist alles so wie immer
Morgens das Gespräch im Pub
Ich, auf einer großen Welle

„Mit Schwung durchs Leben"

„Wer nicht wagt, der nicht gewinnt"
Und wird es nie erfahren, nicht erleben!

12 / Wenn ich meine Augen schließe

Für Dich Liebling

Spüre ich die Verführung
So höre ich mein Herz laut klopfen
Voller Freude
Vorfreude
Die Lust auf dich, so stark
Ein Vulkan in mir
So sehr rührst du mich
Mit Empfindungen
Voller Leidenschaft
Nach mehr
Ja, ich will
Deine Zunge spüren
Mein Körper wird reagieren
Ich will laut schreien
Ich will dich spüren überall
Deine warmen Hände
Deine Zunge voller Leidenschaft
Deine Lippen auf den meinen
Ich spüre deine Zärtlichkeit in mir
So sehr bist du mir nah
Du siehst mich an
Mit deinen Augen
Über mir, unter mir
Bis wir sind eins
Du und ich zusammen
Wir werden es beide spüren
Uns einander verführen
So will ich meine Augen nicht mehr öffnen
Nie wieder erwachen
So sehr bin ich dein

13 / Ich werde ihn nicht mehr los …

Wie kann das nur sein?
Fragt der Verstand
Ich kann doch nicht ständig an ihn denken
Nein!
Das muss aufhören …

Aber warum denn?
Es ist doch schön
Lass es zu, ruft das Gefühl

Das Herz schaukelt vor Freude
Doch ist es schwer
Vielleicht will sie ja mehr

Hat sie denn Angst davor
Fragt die Seele das schwere Herz
Lass ihn hinein
Er nimmt dir die Last ab
Nur Mut

Was kann denn passieren?
Fragt die Vernunft
Er will sich nur amüsieren?
Spricht da der Verstand?

Woher willst du das wissen
Fragt die Seele
Fragt das Herz
Er denkt, wie du
Voller Schmerz

Vielleicht ist es so

Sagt das Herz

Probier es aus
Sagt der Verstand

Du kannst dich verlieren
Dann bist du sein
Vielleicht auf Ewig
Lass ihn rein

In deine Welt
In deine Gefühle
Deine Seele
In dein Herz

Öffne dich
Dann wirst du verlieren diesen Schmerz
Hör auf dein Herz

Vielleicht ist es aber anders
Sagt der Verstand
Nenn mir einen Grund
Sagt das Herz
Find es heraus, spricht das Gefühl dazwischen

Erst dann wirst du es wissen
Ihn vielleicht vermissen
Oder ewig küssen

14 / Das Leben und der Augenblick

Manche leiden ihr ganzes Leben
Andere pachten das Glück
Das Leid für manche der einzige Begleiter
Das Glück, der Augenblick dazwischen
Macht's vielleicht etwas heiter

Egal, was passiert, eines ist gewiss
Die Erde dreht sich jeden Augenblick weiter
Wie das Gehen auf einer endlosen Leiter

Drum seht nicht mehr zurück
Genießt das Leben und den Augenblick

15 / Es ist nichts mehr, wie es war

Bevor ich dich kannte
Du fehlst mir so
Ich muss dich sehen
Bin nun verliebt in dich
Du willst mich auch wiedersehen
Aber erst in zwei Monaten
Dann ist Weihnachten
Du sprichst von Gänsebraten
Nicht von mir, meiner Nähe
Dass du es kannst kaum erwarten
So hatte ich gehofft, du fühlst wie ich
Wir haben uns erst zweimal getroffen
Aber alles habe ich dir gegeben
Ich habe dir geschenkt
Alles, was ich besitze
Mein Leben ist verändert
Ganz und gar, durch dich
Was soll ich jetzt tun?
Es ist alles so schwer um mein Herz
Ein tiefer Schmerz
Kann ich es aushalten so lange?
Dabei wird mir bange
Nun war ich heute einen Tag im Bett
Dabei wollten wir telefonieren
Doch ich bin dabei mich zu genieren
Dir geht das alles zu schnell
Ich will aber keinen Tag versäumen
Nicht nur davon träumen
Vielleicht halte ich es aus, zwei Monate
Vielleicht bin ich auch zerbrochen
Denn es ist nichts mehr, wie es war
Bevor ich dich kannte und zu meinem Schatz ernannte

16 / Weihnachten am Meer

Jeden Tag freue ich mich mehr
Denn bald ist es soweit
Die Weihnachtszeit
Für mich diesmal zu zweit
Ohne Traurigkeit

Welch ein Glück
Am alten Hafen zu stehen
Hand in Hand
Das Lichtermeer sehen
In der Luft der gute Duft
von Gänsekeule
Immer eine gute Idee
Das Reizklima der See

Hält uns alle jung
Bringt neuen Schwung

Dazu der Lichterglanz
Es ist wahr, das Wasser ist kristallklar
Wie die Sterne am Himmel
Genauso wie die Luft

Es ist wie eine Sucht
Diese Flucht hierher ans Meer
Diesmal nicht allein
Oh, ist das fein
So liebe ich dich noch mehr
Du gutes weites Meer

17 / Lieber Gott

Ich möchte weinen vor Freude
Sonst waren es Tränen der Traurigkeit
Doch heut ist es anders
Weihnachten steht vor der Tür
Ich freue mich sehr
Denn es gibt da jemanden
Der will mit mir Weihnachten zusammen sein
Dieser hat viel Mut und ist stark
Das was ich mag
Ich hab` ihn sehr gern
Er mich auch
Ist das nicht schön
Vor so einer Zeit zu steh'n
Die Uhr dreht sich weiter
Unsere Herzen stets heiter
Das zu wissen, sich darauf zu freuen
Ist ein großes wertvolles Geschenk
Drum ich täglich an ihn denk
Mit einem Lächeln schlafe ich jetzt ein
Bald wird er bei mir sein

18 / Es wird dir dein Weg freundlich entgegenkommen

Es wird dir dein Weg freundlich entgegenkommen
Die Sonne möge dein Gesicht erhellen
Der Wind dir den Rücken stärken
Der Regen um dich herum wird die Felder tränken
Halte an deinem Glauben fest, denn Gott beschützt uns

19 / Meine Tochter sagt

Wir können dich nicht besuchen
Verkauf die Praxis, nicht das Haus
Sonst kommen wir nicht zu dir raus
Die Enkelkinder werden dich vergessen
Behalte das Ferienhaus
Dann kommen auch wir zu dir raus
Aber Mama du willst das wohl nicht
Die Mama aber sagt
Kommt doch mal hierher für einen Tag
Du bist doch mein großes Glück
Doch unser Treffen im Haus
Liegt schon so lange zurück

20 / Zukunft

Wohin es mich führt, die Gedanken sind bei dir
Ich habe es einfach getan
Es war nicht schlimm
Aber wie ist meine Zukunft gestellt
In dieser Welt
Kann das überhaupt jemand wissen
Meine Gedanken sind hier und bei dir
Wie kann das gehen, kann dich doch nicht sehen

So höre ich das Meeresrauschen
Du, weit hinter dem Meer, in weiter Ferne
Uns bleiben nur die gemeinsamen Sterne
Der Chat am Abend und der Traum von Zufriedenheit
Der Wind trägt deine Worte
Du planst eine Reise, weit übers Meer
Nur die Richtung ist eine andere
Anna, möchtest du mitkommen?
Ja, das wäre toll
Aber ich habe kein Geld
Meine Reise ging gerade hierher ans Meer
Mein Geldbeutel ist leer
Ich habe mir Zeit gekauft
Das war doch der erste Schritt in die Zukunft
Nun gibt es dich und mich
Eine Zukunft
Ein Haus am Meer
Daran halte ich erstmal sehr
Aber ich will mehr
Von allen Seiten gibt es was zu sehen
Welchen Weg werde ich gehen
Ist vielleicht der Job die Zukunft?
Oder nimmst du mich einfach mit und teilst

21 / Schneeberge

Schneeberge, so denkt sie an ihn
Alle haben hier Probleme!

Schnee in Germany, die Sonne scheint
Eine Dame um ihre Praxis weint

Plötzliche Zweifel sind da
Die Praxis behalten
Das Ferienhaus verkaufen?

Nein, das darf die Dame jetzt nicht erleben
In ihr ein kurzes Erdbeben
Sie will hin und wieder von der Erde abheben
Doch wichtig ist es, in die richtige Richtung zu schweben
Sie sieht ihn weit oben auf dem Gipfel, ohne Probleme

Doch was nützt es ihr hier unten
Die Dame ist nur für einen Moment
In Gedanken versunken

22 / Wenn du deinem Glück begegnest

Wenn es dir begegnet, so halte es fest
Dann ist es dein, für alle Zeit
Es steht nicht immer bereit

Aber, wenn du nicht danach greifst
Dann ist es auch nicht dein Glück
In diesem Fall, zieh dich zurück, von dem Glück

Denn es ist nicht für dich bestimmt
Du hast es gestohlen
Vielleicht wird sich ein anderer dieses Glück dann holen

23 / Ich will dich erregen

Ich will dich erregen
Auf all deinen Wegen
Wird es mir gelingen
So werden die Spatzen es singen

Ich öffne die Fenster
Schließe die Augen
Und vor mir bist du
So träume ich weiter in Ruh

24 / Mein Sternenhimmel über dem Haus

Von Sternen umgeben
Still beobachten sie mich
Die ganze Nacht, bis ich wieder aufgewacht
Ich muss immer wieder hinsehen
So schön, voller Kraft
Sie behüten mich, für dich
Doch sehe ich *dich* nicht!

25 / Warten

Mein Banker denkt zu viel
Wartet er bis zum Ziel?

Ist er vielleicht zu bequem
Will mich nur noch sehen?

Über Skype, das Internet
Wie nett!

Was kann die Liebste dagegen tun?
Sie will nicht mehr ruh'n

Dreimal könnt ihr raten
Die Liebste wird nicht mehr lange warten

Sonst wird sie sauer
Das wäre allerdings eine Trauer

Also Banker, streng dich an
Warte nicht bis irgendwann

26 / Haus-Rezept

Ein liebes Wort
Ein Lächeln
Jeden Morgen & jeden Abend
In der Tat
Ein guter Rat

27 / Dankbar für das Leben

Bin so unsagbar dankbar, für das Leben
Aber warum werde ich immer so enttäuscht?
Ich möchte doch geben

Meine Tochter ist gereizt, mal wieder
Mit ein Grund, ich werde nicht so schnell gesund?
Komme mir vor wie ein lahmender Hund

Freude kommt, Freude geht
Warum sie nicht besteht?
Freude auf die lustigen Enkel, so groß
Wie ein Gewinn, ein Los

Werde vielleicht das Land verlassen
Doch niemals dafür hassen
Ich denke daran mit Freude, etwas Sinnvolles zu tun
Denn dann wird meine Seele auch wieder ruh'n

Vielleicht kommt es auch anders
Wer weiß das schon
Vielleicht wird es mein Lohn
Mein Traum, der sich erfüllt
Mich in Wärme hüllt, meine Liebe stillt
Einander vergeben, gehört auch zum Leben!

28 / Die Hoffnung stirbt zuletzt

Doch wenn du Hartz-4-Empfänger bist
Stirbt deine Würde sofort
Damit auch dein Herz
Deine Seele geht fort
Das ist Mord

29 / Liebe mit dem Internet im Bett, wie nett

Obwohl du bist ein Genie
Die Liebe übers Internet klappt nie!
Doch vielleicht klappt es dann
Wenn die Verbindung mal kann
Aber kannst dann auch du
Findest du dann die nötige Ruh?

Mit dem Internet, wie nett
Sollten wir es dann einfach tun?
Oder weiterhin ruh'n?
So liebe ich nicht mehr das Internet im Bett
Sondern brauche dich in Natur, als Liebeskur
Die Kur in Natur, Liebe pur
Jeden Tag, rund um die Uhr

So schenke ich dir das Internet
Und hole dich dafür ins Bett
Geschrieben von meinem iPad im Bett
Du spürst, wir sind süchtig
Da hilft nur eines „Lieben ganz tüchtig"

Hast du aufgeladen, oder bist du aufgeladen?
Wie war noch die Frage?
Das Internet bringt uns in eine peinliche Lage

30 / Die Liebe ist viel stärker, dafür geht Anna auch gerne in den Kerker!!!

Anna, eine großartige Unternehmerin, Autorin
Verlässt ihr Land
Als Grund „Liebe" genannt"
Hartz 4 bringt Anna in jeder Sicht nur Ärger ein
Es reicht nicht zum Leben, nicht für Wein
Es reicht nicht, die Rechnungen zu bezahlen
Der Strom wird abgestellt
Der Hund wartet und bellt
Annas Knochen sind mager gestellt
Mit dem Hartz-4-Geld

Doch bezogen auf die ganze Welt
Ist Anna schwerreich gestellt
Sie liebt und hat Hoffnung
Lebt im eigenen Haus
Doch muss sie raus

Vielleicht nimmt Konrad sie auf
Die Schweiz darauf
Das wäre eine Gaudi
Denn für Deutschland ist Anna jetzt ein Rowdy
Denn sie hat uns nun öffentlich gesagt
Wie der Wind so weht
Warum sie davongeht

„Ade Deutschland"
Ich dachte mal, ich gehöre dazu
Aber die Behörden lassen mich nicht in Ruh"
Die Parole heißt hier Kontrolle
Der Mensch spielt keine Rolle

Doch hätte Anna nicht ihre Kreditkarte
Und dürfte nicht mal kurzfristig ihr Konto überzieh'n
Dann wäre es sofort ihr Ruin!

Aber was machen denn die, die keine Kreditkarte haben,
keinen kurzfristigen Kontoüberzug genehmigt bekommen
Dazu noch ihre Würde ganz genommen?

Ist das nicht Tod ohne Mord, ohne ein Wort?
Wer hat um Gottes Willen, dieses Gesetz entworfen,
damit die Menschenwürde weggeworfen?

Anna versteht das nicht mehr
Und gibt dafür alles her!

Anna fühlt sich wie eine alte Frau
Wird in ihrem Land nicht gefüttert, wie doch jede Sau!

Was ist nur los hier, mit dem Staat
Doch Anna bekommt darauf keinen Rat

Bei Fragen wird man ihr wieder sagen
„Jetzt werden Sie nicht gleich so fordernd, wenn wir Ih-
nen schon helfen!"
Das klingt noch in Annas Ohr, und rauscht empor

Doch Anna sieht nicht diese Hilfe
Anna singt mit jedem Tag
Kein Lied
Sondern versinkt im Meer immer mehr

Anna möchte nicht von der Erde gehen, einfach fort
Denn das wäre dann wirklich Mord
Die Behörden sehen dann weg

Aber zu welchem Zweck?

Anna sagt, kein Selbstmord
Dann gehe ich lieber fort
Ich wechsle das Land
Welches mir noch unbekannt
Denn die Hinterbliebenen hätten sonst ein Problem
Sie können nicht mehr wegsehen!
Dann gibt es wieder eine Talkrunde mehr,
Ein Thema, welches ist schon alt und out
Annas Ziel war mal „Motivation"
Doch wem nutzt das schon?

Die Menschen sind sich nichts mehr wert
Und machen nur noch kehrt
Ein Ziel vor Augen und der Glaube an sich selbst
Doch wer hält das durch?
Zerbricht nicht daran!

Anna rettet nur noch eines, ihr Haus schnell zu verkaufen
Anschließend mit Champagner das Geld versaufen
Dann mit dem Rad, egal wohin
Irgendwo gibt es ein Leben, wieder mit Sinn

Anna wünscht den Menschen alles Gute
Doch sieht sie keine Hoffnung

Wir werden alle vielleicht dement
Und sehen dann nicht mehr den Moment
Das ist dann vielleicht sogar gut
Doch bekommt es Anna mit der Wut

Wie können wir uns nur schützen, vor dem ganzen Gift?

Der eine ist giftig und verzieht sein Gesicht und merkt das
nicht
Der andere freut sich am täglichen Genuss vom Bier
Aber so bleibt er wenigstens hier!

Dann gibt es noch die Pille für die Stille
Das regt Anna wieder richtig auf
Steigt das Herz hinauf
Wenn sie an die Nebenwirkungen denkt
Für das Leben, welches wurde ihr geschenkt

Alle machen sich nur noch Sorgen
Um das Leben morgen
Das ist so schade, denn die Welt ist auch noch schön
Wir müssen nur mal hinsehen
Daraus schöpfen
Wer das noch will, hat ein Ziel

Doch die Medien berichten nur von Gift und Mord

So lässt Anna mal den Fernseher aus
Das Radio nutzt sie nur für Musik
Die Zeitungen lässt sie weg, für einen guten Zweck

Denn dann merkt Anna auch wieder
Dass es gibt so schöne Lieder
Das ist nun Annas Kur, mal rund um die Uhr

Was passiert dann?
Nichts!
Die Erde dreht sich weiter, wie alles andere auch
Die Leute werden wieder heiter, und lachen in den Bauch
Da draußen ist es so schön
Wir müssen nur wieder hinsehen

Jeder muss etwas Gutes tun, beobachtet euren Nachbarn
Geht es ihm auch gut?
Wenn nicht, sprecht zu ihm Mut

Die, die was Gutes tun, halten doch zusammen
Die, die nur „Schlechtes" tun
Werden irgendwann nicht mehr ruh'n
Dann sind sie allein, mit dem bösen Blick
Vielleicht bricht es dem einen dann das Genick
Denn deren Lebenssinn ist dahin
Guckt nur hin, seht nicht weg!
Annas neuer Freund, Belgier genannt
Erzählt dazu, ganz in Ruh
Denn Anna fragt ihn dazu
Was machst denn du?

Er antwortet und erzählt, wo die Welt hat ihn hingestellt
Er darf sich nun in Gärten nützlich machen
Benötigt hierfür nicht mal Arbeitssachen
Anna fragt ihn nach seinem Lohn
Aber was ist das schon?
Der Belgier antwortet weiter, aber nicht mehr heiter
Erzählt von dem 1-Euro Job
Doch läuft er nicht im Galopp
Weiter erzählt er
Ich weiß nicht, wo der Wind mich hinbringt
Oder von wo er morgen her kommt
Ich habe keine Verpflichtungen
Mit meinem Sohn habe ich abgeschlossen
Dahinten in meinem Heimatland habe ich Freunde

Ich versuche diese Chance zu nutzen
Aber vielleicht wollen die mich hier auch nicht
Der Job ist nur für zwei Monate

Ich habe meinen Koffer schon gepackt
Dann gehe ich fort an einen anderen Ort
Doch besser mit dem Wind in ein anderes Land
Mir unbekannt

Wieder erzählt er, dass sein Koffer gepackt bereit steht
Für jeden Weg
Egal wie es ihm geht
Er zieht mit dem Wind
Manchmal auch geschwind
Du hast einen Klotz am Bein, sagt er zu Anna
Dein Haus ist nur materiell
Deine Freunde aber bleiben generell
Das Materielle soll das Leben versüßen
Aber du kannst es nicht mitnehmen
Du bist immer der Dumme
Ich weiß, wenn ich jetzt einkaufen gehe
Gebe ich Geld aus, ob für Lebensmittel oder für ein Bier
Das ist alles
Sonst gibt es nichts, außer Freundschaften
Einfach mit dem Wind mitleben, mitziehen
Wie ein Schiff, das mit dem Segel wird getrieben
Denn, wenn die mich nicht haben wollen
Dann gehe ich wieder fort mit meinem Koffer
Und wechsle den Ort
Dann sage ich nur Auf Wiedersehen Wittmund
Auf Wiedersehen Deutschland
Es gibt immer ein Land für mich

Anna denkt nur an eine gute Tat
Die Hartz 4 hat mitgebracht
Ein Freund, der nicht über sie lacht
Und sich keine Gedanken macht

Doch wieder denkt Anna lange nach
Und ihr wird bange danach
Hat man ihrem Freund
Schon die Lebensfreude ganz genommen
Entwürdigt und mit 1 Euro bezahlt?
Dass er hat diese Einstellung zum Leben bekommen
Hat man **sicher** seine Würde genommen!

31 / Also bringe ich mich um? Grund Hartz 4 und der laut öffentliche Empfang im Jobcenter!

Richter: Gibt es Zeugen?

Herr Müller: Nein!

Richter: Wo ist die Klägerin?

Herr Müller: Tot!

Richter: Warum?

Herr Müller: Datenschutz nicht beachtet, Missachtung des Persönlichkeitsrechts, das war wohl der Grund!
In ihrer roten Tasche befindet sich noch etwas Herr Richter.
Hurra, die Tote hat einen Brief hinterlassen, vielleicht doch Beweise für einen Täter!

Richter: Was steht denn darauf, hat diese tote Hartz-4-Empfängerin denn überhaupt einen Schulabschluss, dass sie schreiben kann, Müller?

Herr Müller: Nein! Nichts Handschriftliches!

Richter: Wie schade.

Herr Müller: Nur mit dem iPad geschrieben.

Richter: Wie dumm diese Hartz-4-Empfänger doch sind!

Herr Müller: Aber was ist, wenn es doch einen Täter gibt?

Richter: Nein, die haben doch alle nichts, denen kann man doch nichts mehr stehlen!

Herr Müller: So???
Warum ermitteln wir denn überhaupt, Herr Richter?
Und gegen wen denn bloß?

Richter: Das weiß ich auch nicht so genau, Müller. Die erste Anzeige kam per SMS, die zweite kam über Whats-App, die dritte kam per E-Mail und die letzte stand auf dem iPad der Toten selbst.

Herr Müller: Was können wir nur tun?
Alle Geräte sind von dem Hersteller Apfel, oder so ähnlich. Sollen wir die Apfelfirma verklagen?

Richter: Nein Müller, der Herr Apfel sorgt doch nur dafür, dass die Menschen von ihren Rechten erfahren.

Herr Müller: Darf der Mensch denn alles erfahren? Haben wir nicht dagegen vorgesorgt, Herr Richter?

Richter: Mensch Müller, dann musst du mal googeln, vielleicht findest du die Antwort im Netz.

32 / Macht, Intrigen, Geld

Eine verrückte Welt

Journalismus sehr hart
Fast jeden Tag
Glaubwürdigkeit, Zweifel
Asyl, Härte, vielleicht Lüge
Ob man den Staat betrüge?

Trotz Staranwalt ins Gefängnis
Wird trotzdem zum Verhängnis
Opfer oder Täter
Gibt es einen Verräter?

So bleibt die Medienwelt immer verrückt eingestellt

33 / Die Liebe in mir

Die Liebe in mir ist nicht alt, sie fühlt sich frisch an
Das Leben ist auch traurig, manchmal sogar sehr bitter
Doch die Liebe in uns sollte nicht verzagen
Sie wird bis zum letzten Tag in unseren Herzen getragen
Wir alle sollten hiervon abgeben
Denn dann können wir sicher glücklicher
Von der Erde abheben
Irgendwann sehen wir uns alle wieder
Vielleicht singen wir dann die gleichen Lieder

34 / Ich sitze in einem Gartenhaus, ganz allein

Ein Ton erklingt, eine SMS
Oh wie fein, wer mag das sein?
Er ist es …
Kein Wort der Liebe
Nur der reinste Wetterbericht
Ein schönes Wochenende
Kuss
Ist das der SCHLUSS?
Draußen weht der Wind, ganz heiter
Doch mein Leben ist nicht mehr heiter
Die Erde dreht sich dennoch weiter …
Ich kann nicht mehr
Bin vollkommen leer
Doch dann klingelt wieder das Telefon
Heiter wird wieder mein Ton
Ich muss mich kümmern, um mein Haus
Bald bin ich auch da raus
Dann nimmt alles sein Ende, das ist gut
Vielleicht hab ich dann auch wieder Mut

35 / Leidenschaft

Denk ich an dich, so bin ich aufgeregt
Immer und immer wieder erregst du mich
Bringst mich zum Lächeln
Auch zum Nachdenken und zum Weinen
Meine Sehnsucht ist so groß
Nach Liebe …

36 / Kein Schlaf mehr

Jede Nacht laufe ich hin und her
Ich bekomme keinen Schlaf mehr
Doch wer nimmt mir diese Ruhe zu dieser Zeit?
Ich trage doch schon mein weißes Nachtkleid
Ich will nichts mehr hören, nichts mehr sehen
Es klingelt nur einmal das Telefon
Ich laufe so schnell es geht, davon
Dann kommt eine Taube angeflogen
Mit einem großen weißen Bogen
Darauf geschrieben
Er hat an mich gedacht
Sofort habe ich wieder gelacht
Und nicht mehr weiter gedacht

37 / Ein kurzer Moment

Ein kurzer Moment, ist ein ewiges Geschenk

Der eine freut sich auf die Goldene Hochzeit
Der andere freut sich schon über ein freundliches Wort
der Nachbarn

Ein Wortwechsel mit dem Papagei
Der Gesang der Vögel
Ein Hund, dein guter Freund
Eine Begegnung unterwegs
Vielleicht die Freude über einen guten Film

Ein glückliches Telefonat
Kann uns schon glücklich stimmen
Eine geschriebene Nachricht

Man braucht nicht viel
Um einen anderen Menschen glücklich zu machen
Es ist einfach

Doch viele Gesichter schauen traurig
Denen fehlt dieser kurze Moment
Als Geschenk, kostenlos
Jeder kann das
Alle tragen es bei sich
Aber wenige wenden es an

38 / Auf dem Deich ist alles leicht

Die Spuren im Schnee
Die Tierwelt wieder neu entdeckt
Auch müssen wir Menschen uns kümmern
Sie haben alle Hungersnot
Und wir bewahren sie vor dem Tod

Der Winter ist so schön
Der Blick zum Meer und darüber der hellblaue Himmel
Welch ein Geschenk
Gott ist das schön, über den Deich zu gehen
Wieder eine Hasenspur
„Mensch", bedank dich
Wir sind nur die Gäste
In dieser so schönen Natur

39 / Dieser endgültige Schmerz

Der letzte Schritt ist getan
Anna lässt den Makler ran

Eine Praxisaufgabe
Ist keine Niederlage
Jeder Klient, ein Geschenk
Eine Bereicherung
Ob alt und jung, krank oder gesund

Nun kann Anna nur warten
Was geschieht, nur raten
Es muss sich nur einer finden
Überwinden
Zum Praxiskauf
Anna wartet drauf
Aber nicht mit Freude
Sondern mit Tränen im Auge
Es war so schön, täglich in der Praxis zu stehen
Mal gute Nachrichten
Mal schlechte Nachrichten
Geteiltes Leid ist auch eine Freud`

Und nun muss Anna gehen
Obwohl es war immer schön!
Sie haben alle etwas gegeben
Das kann ihr niemand wegnehmen
Diese Erinnerung bleibt
Für ewige Zeit
(7.12.10)

Doch wenn Anna bleibt
Hat sie niemals Zeit

Sie ist immer nur für ihre Klienten stets bereit
Wie lange hält sie das noch aus
Sie muss da raus
An ihre eigene Gesundheit denken
Dann kann sie auch weiterhin Kraft verschenken
Vielleicht nur an eine Person
Aber das reicht dann schon
Sie muss erst den einen Schritt tun
Dann kann auch sie ruh'n!
Darauf wartet sie schon so lange
Ihr wird langsam bange
Denn ihr Herz meldet Schmerz
Ein Alarmsignal
Wir sollten das Zeichen deuten
Nicht warten auf Kirchenleuten
(8.12.10)

Anna zeigt sehr viel Mut
Und ihre Beweggründe sind gut
Ihre Seele wird wieder ruh'n
Denn Anna hat bald nicht mehr so viel zu tun
Endlich wieder Zeit, welch ein großes Geschenk
Etwas sehr Kostbares

Auch der Rückblick ist gut und es geht weiter
Anna ist wieder stets heiter
Fit und mobil, so ihr Ziel
Tränen laufen weg, aber für einen guten Zweck!

Anna lässt alles hinter sich
Aber sie lässt niemanden im Stich
Und muss immer wieder denken
An ihre lieben Klienten

40 / Mir ist so schwer ums Herz

Dieser große Schmerz darin

Ich spüre, wie ich lebe und wieder bebe
Die Weihnachtszeit zu zweit war wunderschön
Doch mussten wir wieder auseinandergehen
Du hast jetzt mein Leben gesehen, hautnah
Haben uns geliebt wohl wahr

Dein Wunsch, eine Kreuzfahrt
Bora Bora und anschließend der Staat Hawaii
Unsere Minikreuzfahrt in Ostfriesland durch Eisschollen
Ich muss lachen
Mehr konnte ich nicht mit dir machen
In vier Tagen bist du wieder in der Schweiz
Vorbei der tägliche Reiz
Ich wieder allein und traurig
Noch trauriger als zuvor
Bevor ich dich kannte und zu meinem Schatz ernannte
Alles war so schön
Doch musst du wieder gehen
Werden wir uns wiedersehen?

Bora Bora und Hawaii
Wie oft hast du mich gefragt, mitzukommen
Ich mit ja geantwortet, völlig benommen
Es war mir peinlich
Woher soll ich das Geld nehmen
Um mit dir die Welt zu sehen
Ich kann da nicht mithalten
Auch wenn ich alles hinter mir lasse, reicht es nicht
Vielleicht für einen Urlaub
Vielleicht für einen zweiten

Vielleicht für einen dritten
Dann spätestens wird aus sein der Traum
Dann habe ich mein Geld verprasst
Doch hatte ich viel Spaß
Liebe dich noch mehr

Wie kann ich mich wehren
Dieser Schmerz wird zehren
Bleiben uns die Erinnerungen
Ich möchte dir alles geben
Doch ist es nicht genug

Vielleicht brauchst du eine Frau mit Geld von Welt
Ich bin nicht so gestellt, doch habe den passenden Hut
Hatte eine große Portion Mut

Nun ist alles vorbei
Du bist bald in Hawaii
Ich weiß nicht, wo ich bin morgen
Wo ich bin nächste Woche
Wo ich bin nächsten Monat

Es war so schön, einen Mann an meiner Seite zu sehen
Dich zu beobachten beim nächtlichen Schnarchen
Ich liebe schon alles an dir, auch deine Schwächen
Nun wird meine Seele hoffentlich nicht zerbrechen

41 / Der schönste Moment

Ich schlafe, träume und wache auf
Es erscheinen meine Enkelinnen
Höre ihre Stimmen, denn sie singen

Schlafe wieder ein, träume und wache auf
Diesmal meine Kinder
Sie rufen „Mama"

Ich glaube an Gott
Es gab auch Zweifel
Doch jetzt habe ich es erreicht

Ich glaube an mich
Werde immer meine Ziele sehen
Mit Schwung durchs Leben gehen
Auch wenn es ist nur für eine kurze Zeit
Ich bin stets bereit

Die Welt ist so verrückt
Es gibt so viel Unglück
Halt fest den Moment
Denn er ist ein Geschenk!

42 / Aber nicht mit mir!

Ich lasse mich nicht unterkriegen
Werde nicht dem deutschen Staat erliegen
Ich bin doch nur ein Gast auf dieser Erde, unserer Welt
Arbeite, esse, trinke, schlafe hin und wieder
Ich höre nur noch Klagelieder
Ich kann doch nur ein Gewand tragen
Auf einem Thronstuhl sitzen
Das sollte doch reichen, aber nicht den Reichen
In Dubai habe ich 30 Stühle, einen Butler
Bin ich dann besser gestellt, auf dieser Welt?

Ich suche nur die Hand, die mir gereicht
Dann bin ich reich
Für mich ist das der größte Reichtum
Ich muss es nur wirklich tun!
Dann erreiche auch ich den Ruhm
Dann gehört mir allein, wieder mein Leben
Die ganze Welt
Für mich ein himmlisches Zelt
Vielleicht kein materieller Reichtum
Doch ich kann schweben, von der Erde abheben
Das ist viel mehr, seht doch mal genau hier her

Deutschland, die Reichen und ihr Land
Hartz 4 nicht genannt
Die da oben schreien ein falsches „Halleluja“
Das Volk schreit „Ja“
Aber nicht mit mir!
Ich steige dann einfach mal aus
Gehe aus meinem Ort
Gehe aus diesem Deutschland fort
Da kann ich nur fragen oder sagen

Deutschland schafft sich ab?
Nein, Deutschland schafft die Menschen ab
So kommt es Anna vor, drum wählt sie ein großes Tor
Auf eine einfache Art und Weise, ganz leise

43 / Hoffnung und Entscheidung

Deine Zukunft hängt oft nur an einem Faden.

Wie oft wünschen wir uns dann, dass eine positive Entscheidung fällt.

Wir beten dafür und glauben fest daran.

Hoffen, dass der eine Mensch zu unseren Gunsten entscheidet.

Wer ist dieser eine Mensch?

Kennt er uns vielleicht nicht.

Wird dieser eine Mensch, der für uns Hoffnung bedeutet, auch richtig entscheiden?

So haben viele Menschen und Tiere immer wieder Hoffnung.

Jedoch nur wenige Menschen entscheiden darüber.

Für manche von uns sind es kleine, für andere die wirklich großen Entscheidungen.

So hoffe ich, dass diese Menschen stets die richtige Entscheidung treffen werden.

Wir alle sollten dafür hoffen, beten und vor allem glauben.

Wenn es keine richtigen Entscheidungen mehr gibt, sind die Tage für uns Menschen und Tiere nicht mehr sichergestellt, in unserer Welt.

Dazu gehört auch die Bürgerpflicht, „das Wählen unserer Politiker."

Nicht nur die, sondern zuerst müssen wir Entscheidungen treffen.

Wir stellen uns die Frage: „Was ist gut für mich, was ist gut für meine Region?"

Seht hin und guckt nicht weg, es ist immer für einen guten Zweck!

44 / Jetzt habe ich so richtig die Nase voll, toll

Morgen wird es vielleicht schon geschehen
Mein Papagei wird zuerst fortgehen
Mich nicht mehr sehen
Dafür schäme ich mich sehr, ich gebe ihn so einfach her
Mein Papagei war mir immer treu
Nun bin ich ganz allein!!!
Dann verkaufe ich mein Haus, bin raus aus dem Haus
Aus dem Ort, gehe einfach fort
Ich pachte eine Lagerhalle für meinen letzten Besitz, mein
Zuhause
Aber dann mache ich endlich die verdiente Pause
Bin dann mal fort, weit weg

Meine Freunde werden nach mir fragen
Doch niemand kann dazu etwas sagen
Kein Internet, kein Telefon
Denn was bedeutet das schon?
Nur großen Schmerz im Herz!
Für das Wochenende bin ich gut genug
Doch davon habe ich genug

Die Kinder haben nie Zeit
Doch ich bin noch für das Leben bereit

Lieber Gott
So hilf mir bitte ein letztes Mal
Befrei mich von meinem letzten Besitz
Gib mich frei, ich bitte darum
Dann trage ich diesen Mann mit mir herum
Ein so tiefer Schmerz in meinem Herz
Was kann ich dagegen tun

Wird mein Herz jemals wieder ruh'n?
Es war eine schöne Zeit, eine kurze Zeit
Wenige Stunden
Dafür bleiben große Wunden
Was mir bleibt, ist ein großer Koffer voller Geschichten
Und die Erinnerung, so traurig

21.6.
Es geht immer weiter
Es wird noch schlimmer
Da gibt es eine kleine Familie
Nicht jeder trägt das Herz auf seiner Zunge
So gibt es ein böses Wort, an einem bekannten Ort
Kleine Ohren hören zu
Diese kommen jetzt auch nicht mehr zur Ruh
So ist das mit der Zeit
Jetzt bin ich bereit für eine lange Reise
Mir unbekannt
Aber ich muss sie tun
Irgendwann werden unsere Herzen vielleicht wieder ruh'n
Meine Möbel kommen in ein Lager
Ohne „*Wenn und Aber*"
Doch dann irgendwann ist es soweit
Die Sonne scheint und lacht
Der Mond und ein besonderer Stern über mich wacht
Die ganze lange Nacht
Dann schreie ich „*Hurra, ich bin wieder da*!"
Alles kommt wieder, mit dem Glück
Ich bin wieder zurück
Dann singe ich auch wieder Liebeslieder
Ich singe Tag und Nacht
Denn ich bin wieder aufgewacht

45 / Anerkennung

Anerkennung, die beste Nennung
Jeder von uns kann etwas
Doch nur wenige bekommen
Diese Nennung Anerkennung
Viele sprechen nicht darüber
Andere bekommen in der Öffentlichkeit große Trophäen
Gehen über den roten Teppich
Manche behalten es bis zum letzten Tag für sich
Jahre später kommt es dann vielleicht doch ans Licht
Wenn wir mehr fragen, erhalten wir mehr Antworten
Sollten wir uns denn wagen zu fragen?
Ja, warum denn nicht
Dann kommt so manches ans Licht
Das ist gut, so habt den Mut

46 / Es wird alles gut

Es wird alles gut
Auch wenn du mal auf der Stelle stehst
Es geht immer weiter
Hab nur Mut
Dann wird alles gut

Glaub an dich
Stell dich vor einen Spiegel, mit deinem Gesicht
Dann siehst du Freude
Ein Lächeln
Zuversicht
Stelle dich deinem Gesicht

Dreh dich um und geh weiter
Dein Leben wird stets heiter
Auch wenn du ziehst von Ort zu Ort
Irgendwann bleibst auch du stehen
Willst nicht mehr weitergehen
Du bist angekommen
Hast angenommen

Etwas Neues kommt auf dich zu
Das ist dein Abenteuer
Nicht mal teuer
Dein Urlaub ist's zu jeder Zeit
Denn du bist stets bereit
Für das Neue

Ein Blick in den Spiegel
Alles ist noch da
Dein Lächeln
Deine Zuversicht

Dein langes Haar

Doch eines hast du zurückgelassen
Die Traurigkeit
Dein Leid

Wie gut für deinen Mut
Dein Glaube an dich
So glaubst du auch an mich

47 / Innen und außen ganz gesund

Die Welt da draußen scheint wieder bunt
Triebe der Liebe wieder funktionieren
Krankheit kann den Körper ruinieren
Gedanken der Liebe mit Sehnsucht nach Frieden
Jeder Einzelne kann etwas tun
Er muss nur hinsehen und nicht ruh'n

Doch ich beginne zuerst bei mir
Damit wandern meine Gefühle zu dir
Geht es mir gut, kann ich anderen Gutes tun
Und muss nicht mehr auf dem falschen Platz ruh'n

Doch geht es jetzt nur um mich und dich
Zu dieser Zeit, in diesem Moment
Du bist für mich das größte Geschenk

48 / Musik schwebt wie eine Feder durch die verschiedensten Gräser

Der Wind lässt die einzelnen Töne umherschweben, fast tanzen

Mit Musik beginnt schwungvoll der Tag

Mit Musik relaxen in der Mittagspause und neue Energie tanken

Musik beflutet, sie soll Spaß machen

Musik stimmt auch melancholisch bis zur völligen Hingabe, Tränen fließen

Auch das ist gut, der Mensch öffnet sich, lässt los und wird innerlich frei

Blockaden lösen sich

Das bedeutet keine Traurigkeit, sondern Befreiung

Mit Musik bekommt die Seele Flügel

Mit Musik beginnt mein Tag

Mit Musik lache ich

Mit Musik träume ich

Mit Musik meditiere ich

Musik ist Sonnenschein und Regen

Musik ist Erinnerung

Musik ist mit mir, und begleitet mich durch das Leben

Musik dringt durch jede einzelne Zelle meines Körpers und berührt tief meine Seele

Deine Musik ist jetzt auch meine und bringt mich zum *Lächeln* und fordert auf zum Tanz

49 / Lieber Gott

Mir macht das Leben keinen Spaß mehr
Ich habe die Liebe wieder kennengelernt
Mich nackt ausgezogen
Meine Seele, meine Gefühle völlig geöffnet
Doch wurde ich enttäuscht!
Fühle mich wie eine Schachfigur in einem Spiel
Ich wurde einfach abgelegt
Im Spiel ist die Dame dann tot
Ich fühle mich genauso
Ich wusste nicht, dass das Leben für manche nur ein Spiel
ist
So fühle ich mich nur benutzt
Worin liegt denn dann der Sinn
Liebe zu geben, Liebe zu nehmen?

50 / Wir können ausleben, jeden Moment

Das ist ein Gottes Geschenk
Nachholen können wir nichts
Doch können wir leben und jeden Moment genießen
Uns einander in die Arme schließen
Zu jeder Zeit steht uns das bereit

51 / Meiner besten Freundin

Eine echte Freundschaft, das höchste Gut
Die Liebschaft zu einem Mann vergeht
Doch die Freundschaft deiner besten Freundin bleibt
bestehen
Sie ist stets in deiner Nähe
Egal wo du gerade bist

Geschrieben von einer Asylantin mit großen Löchern in
den Socken

52 / Ade du treuer Begleiter

Nicht immer war es mit dir heiter
Ich löse mich hiermit von der Last
Überlasse dich dem Meer
Hoffentlich überträgt es nicht mein ganzes Leben
Durch die Tragkraft und die Schnelligkeit
Die Speicherkraft des Wassers!
So löse ich mich von Abhängigkeit, hier und heut!
MacBook Ade
iPad Ade
iPhone Ade, ab in die See!

53 / Ein Chor der Engel

Ein Chor der Engel singt so lieblich zart
Die Stimmen doch hoch
Im Gesang ein Verschmelzen
Jeglicher Schmerz bewegt das Herz
Die Sehnsucht der Freiheit kommt zurück
Mit dem Augenblick
Doch niemand hört die Traurigkeit
Das Lied klingt immer weiter, heut

54 / Freundinnen

Warum hast du mich geküsst?
Du weißt doch, ich hab dich vermisst
Du tust mir damit weh, wenn ich dich seh
Bin dein Spielobjekt
Wie komme ich nur von dir los
So meine Freundin am Telefon
Ich kann nur teilen, ihre Schmerzen
Weinen mit ihr von ganzem Herzen
Wir haben einen Deal
Wenn es wird uns zuviel
Gehen zusammen fort nach New York
Kehren dann nicht mehr zurück
Unser Glück
Denn wir sind dann nicht allein
Schauen von der Brücke zu zweien
Das sind Freundinnen
Weinen am Telefon, und wenn schon

Sie weiß auch von mir, meinem Schmerz
Tief in meinem Herz
Ich ordne mein Leben
Nur das ist meine Aufgabe
Doch ist sie schwer

Vielleicht wird alles gut
Meine Freundin und ich fassen wieder neuen Mut
Machen dann unsere Reise zu einem anderen Zweck
Gehen zwar fort nach New York
Haben einen Weg gefunden
Unsere Angst überwunden
Das Leben sollte schön sein, lebenswert
Wenn das nicht ist, macht man dem Leben kehrt

55 / Lust

Ich streichele deinen Rücken, deinen Po
Liegen beide im weißen Bett
Wir lächeln uns an
Genießen jeden Moment
Unsere Körper so warm
Liege ja auch in deinem Arm
Die Lust steigt
Komm näher, zier dich nicht
Auch wenn es ist nur ein Gedicht

56 / Erinnerung

Schau aus dem Fenster
Du erinnerst dich
Gegenüber hinter der Gardine
Er beugt sich in ihren Schoß
Du erinnerst dich, dein Trost
Zwei umarmen sich, nackt
Du erinnerst dich auch daran
Das ist ein Jahr her
Da war es dein Schoß
Dein Körper nackt
Das ist Liebe, Lebendigkeit
Du erinnerst dich wieder
Singst die alten Lieder
Spazierst durch die Gassen und über Terrassen
Du hast das erlebt und nicht die
Das ist, was dir bleibt, vielleicht noch mal passiert
Du bist nicht tot
Du erinnerst dich an das Leben
Mit Sehnsucht und Zärtlichkeit
Auch noch heut

57 / ... im letzten Stadium

So meine Freundin

Was kann man tun?
Nimm dir Zeit
Hör ihr zu
Vielleicht bist du der Nächste im Nu
Oder bist schon selbst betroffen
Doch noch am Hoffen
So schweigst du und hörst ihr zu in Ruh`
Das ist sicherlich das Beste
Vielleicht das Letzte
Davor haben wir alle Angst und verkriechen uns

Es gab einen ersten Tag
Es gibt einen letzten Tag

Haben wir je daran gedacht und alles gemacht?
Was hast du versäumt oder nur geträumt?
Pack es an, nicht irgendwann!

58 / Zusammenhalten

Wir sind doch eine Familie
Das sagt mir eine fremde Frau, wow
Bin tief gerührt, Freudentränen laufen
Meine Tochter mir ganz nah
Mein Sohn dabei
Gute Partner begleiten die Kinder
Das ist kein Wunder, sondern ein Geschenk
War mir eine lange Zeit fremd

59 / Für mich

Wolltest für mich eine Bank ausrauben
Habe dankend abgelehnt
Hast mein Haus neu gestrichen
Bist der Arbeit nie gewichen
Für mich 30 km zu Fuß gelaufen
Deine Schuhsohle hat sich gelöst
Unsere Freundschaft ist geblieben
Tief in meinem Herzen

60 / Wo ich Ruhe fand

In Hamburg, einer kleinen Wohnung, ich Ruhe fand
Meine Gedanken doch im anderen Land
Er stellt mir nicht mehr nach
Kein Messer, keine Pistole
Alkohol war seine Parole
Ich bin ihm entkommen

Gott sei Dank für die Gedanken im anderen Land
Diese Hoffnung noch besteht
Der Kummer vergeht

Ich kenne mich in der kleinen Wohnung
Schon im Dunklen aus
So brauche ich nicht mehr aus dem Haus
Die Angst steckt noch in mir
Im Dunkel bin ich nun zu Haus
Lasse einfach das Licht aus

61 / Ein Abend mit dir

Ein Abend mit dir
Hat mir genügt
Ich bin gestillt, wie ein kleines Kind
Was sich alles nimmt

Doch ich will dich nicht
Vielleicht als Freund?
Das wird nicht gehen
Weil wir dann in der Öffentlichkeit stehen
Das will ich nicht, ich suche die Ruh' auf dem Land
Das lächele ich an, so oft ich kann
Dann denk ich zurück, an den einen Abend mit dir
Diesen du hast verbracht mit mir

62 / Ich warte auf mein Geld

Ich warte auf mein Geld
Welches jemand festhält
Der Jemand ist nicht mein Freund
Er täuschte es vor, auch sich selbst
Hoffentlich warte ich nicht mehr so lange
Mir wird bange
Dieser, nicht mein Freund, denkt er kennt mich
Doch in Wirklichkeit nicht!
Denn er hat ein falsches Gesicht

63 / Ich tanze für dich

Ich werde tanzen jede Nacht für dich
Schaue in den Spiegel
Doch sehe ich nur mich
Ich lächele dir zu und hoffe
Du lässt mich nicht mehr so lange in Ruh'

Guckst mir von weitem zu
Ich werde dich so lange suchen
Bis ich dich finde
Bis ich dich rieche
Bis ich dich spüre
Bis ich dich liebe

So tanze ich jede Nacht weiter
Schlafe wochenlang und warte auf die Zeit danach

Erst dann laufe ich wieder barfuß
Bin frei von jeglichen Sorgen
Und denke nicht mehr an morgen
Dann tanze ich anders
Nicht mehr für dich
Sondern für mich

64 / Atomkraft und Macht

Atomkraft und Macht machen mir Angst
Keine Sicherheit mehr zu spüren
Alles so verstrahlt, auch die Menschen?
Macht verändert und die Atomkraft zerstört
Hat Japan gelernt
Haben die Millionen von Menschen daraus gelernt?
Wir müssen einen Schritt zurückgehen
Aber wer kann das noch von uns?
Der Wohlstand macht blind
Die Sättigung macht müde
Ein Krieg der Vernichtung
Was muss noch geschehen
Dass die Menschen das sehen?!

Ich ziehe mich zurück, nehme meine Feder
Schreibe nieder diese entsetzlichen Fehler
Die Politik geht weiter, der Streit heiter
Ärzte ohne Grenzen klagen
Doch wer in der Politik
Will heute noch was sagen oder wagen?

Ich schäme mich für mein Volk, es ist doch so reich
Wir trinken sauberes Wasser, andere sterben daran
Die Frage ist doch nur „wann"
Jeder hat eine eigene Wohnung oder auch zwei
Ein Auto zuviel, wirkt auf den Straßen wie ein Spiel
Menschen die kämpfen, nur etwas erreichen
Andere deren Schicksal weichen

Einzelne so mutig
Millionen schauen zu
Ich finde nachts kaum noch Ruh

65 / Mein Freund die Zukunft

Vergangenheit und Zukunft
Dazwischen befinde ich mich

Ich räume gerade mein Leben auf, gewaltig
Dabei denke ich an dich an die Zukunft
Irgendwo da draußen

Vielleicht ist es das Letzte in meinem Leben
Aber ich werde dich suchen und nicht aufgeben
Solange will ich leben

Die Vergangenheit ließ ich zurück, zum Glück
Vielleicht kann ich wieder lieben
Und vergesse meine Schmerzen
Mein Leben ist aus dem Ruder gelaufen
Da draußen wird es doch einen Menschen geben
Der zu mir passt
Ich werde es probieren und wenn Gott es will
Auch wieder lieben …
Dann habe ich gewonnen
Und werde siegen und ewig lieben

66 / Mein Stern

Du mein Stern bist da oben, ich schau dir zu
Aber warum bist du so weit weg und lässt das zu
Ich bin doch so lebendig und mach alles gut
Doch manchmal verliere ich jeden Mut

Dann pack ich meinen Koffer und gehe fort
Ich brauch andere Luft, einen anderen Ort
Nehme mein Automobil
Denn das Gehen wird mir zu viel

Werde ich alt und grau
Doch du mein Stern veränderst dich nicht
Du behältst dein Gesicht
Es funkelt wie nie zuvor
Du bist für mich ein großes Tor

Warum bin ich noch mal hier?
Zu welchem Zweck
Die Menschen sind nicht mehr so nett
Sie haben alle die gleiche Krankheit
Genannt Gier und Habsucht oder Angst
Die Menschen verändern sich
Auch die Natur verliert ihr Gesicht
Aber du mein Stern bist stets bereit
Du funkelst für mich zu jeder Zeit

67 / Ob arm oder reich

Ob arm oder reich
Obama, Gunter Gabriel oder der Scheich
Für mich sind alle gleich

Ich liebe Erbsensuppe zum Frühstück
Genauso liebe ich es elegant und lieblich
Egal was gut ist, man muss das Leben nehmen,
so wie es ist
Ich schenke mir Zeit, dafür war ich stets bereit

(März 2012)

68 / Meine Freundin ist da, hurra

10:30 Uhr, Frühstück zum Glück, ich esse doch so gerne
Meine Freundin noch an den Landungsbrücken
Guckt in die Sterne
Drum kommt sie erst spät oder so früh

Sie hat in Hamburg viel erlebt
Ist mit ihrem Tanzbein von der Erde gebebt
Ganz in schwarz und Minirock läuft sie jetzt im Galopp
zu mir
Doch ihr Freund will noch ein Bier
Auf dem Fischmarkt wo sich jeder trifft von der Nacht

Doch ich als Freundin, bin erst aufgewacht
Hab` die ganze Nacht gearbeitet, in Büchern gewälzt
Für einen Freund, der einen Infarkt hat
Doch der ist etwas verrückt, aber ich von ihm entzückt

So kommt meine Freundin erst morgens wieder
Setzt sich in der Küche nieder
Erzählt von ihrem Freund, der ihr Herz geklaut
Doch auf eine andere schaut
So sind wir verschieden, doch die Alten geblieben
Ich werde meine Freundin immer lieben

69 / Sehnsucht

Ich denke ständig an dich
Du fernes Land England
Das feine Klima im Süden Cornwalls
Für mich und meine Gesundheit prima

Ich denke an die Menschen, die Region
Der Duft des Atlantiks
Das Spiel der Seele und meiner Haut
Jedes Organ liebt es dort an jenem Ort

Die wogenden Wellen im leuchtenden Meer
Pure Sinnlichkeit in mir
Wenn ich stehe an den Klippen
Mein Busen beginnt zu wippen
Denn ich hüpfe im Gras
Welch ein Spaß

Ich danke der Schöpfung für Mensch und Tier
Drum bin ich so gern hier
Der Reiz des Klimas verführt mich und berührt mich

So wünsche ich mir eines
Möchte leben mit dir

70 / Einsam

Einsam und allein, das kann doch nicht sein
Dafür bist du noch zu jung und gesund
So pack dein Leben an, nicht irgendwann
Such dir jetzt einen Mann, der auch noch kann

71 / Fremde Frau mit bösem Blick

Fremde Frau mit bösem Blick
Es liegt über 30 Jahre zurück

Damals eine junge Mutter
Mit ihrem Bündel auf dem Arm
Das Baby schwarzes Haar
So kam sie nach der Geburt
Mit dem neugeborenen Mädchen nach Haus
Kurz darauf war es auch schon aus
Mit ihrem Glück, denn die fremde Frau kam ins Haus

Ein Störenfried, eine böse Frau mit Hexenblick
Nahm sich den großen Mann mit
Der zum Sex nicht „Nein" sagen konnte
Die junge Mutter nur davon rannte
Ihr Mann war ein Wilderer
Früher hat man Wilderer erschossen
Heute reicht man nur die Scheidung ein
Dann hat auch ein anderer was davon
Ein Anwalt bekommt dafür Lohn

Die junge Frau kann dem großen Mann
Nie mehr in die Augen sehen!
Er blieb nicht einmal stehen, um sein Baby zu sehen

Doch dann war es immer noch nicht genug
Mit dem Betrug
Die fremde Frau mit dem bösen Blick
Begann zu erpressen, sie war förmlich besessen
Es ging ihr auch um sein Geld
Der große Mann, ihr Held
Autoreifen mit dem Messer zerstochen

Doch das war immer noch nicht genug
Außer Betrug und Lug
Sogar die Kripo kam im Nu
Weil sie ließ Mutter und Kind nicht mehr in Ruh'
Gott, was hatte die junge Mutter Angst
Um das Leben auf ihrem Arm
So floh sie damals ganz weit weg
Nur mit einem Bündel ganz allein

Doch es ist immer noch nicht genug
Die fremde Frau sieht noch heute böse aus
Stiehlt den Weg ins Gotteshaus
Die junge Mutter, heute Oma, bleibt weinend zu Haus
So gibt es Feiern, die wichtig sind, für Mutter und Kind
Man kann diese nie mehr nachholen
In diesem Fall wurde etwas so Wichtiges gestohlen

Die Frau mit dem bösen Blick ist zurück
Ein Leben mit Betrug ist ihr nicht genug
So gibt es sie immer noch, die Frau mit dem bösen Blick
Irgendwann bricht auch ihr das Genick
Denn es sitzt ein Fluch ganz fest auf ihr
Den wird sie niemals mehr los
Vielleicht im Hals als großer Kloß

72 / Es wird Zeit zu gehen

Mein Platz ist nicht hier, nicht dort
Drum muss ich fort von hier
Ich zerbreche wie eine Blume im Sturm, wenn ich bleibe
Muss teilen, meine „LIEBEN"
Doch das kann ich nicht
Dafür reicht meine Kraft nicht
Bleibe ich, so leide ich und werde welk
Sterbe vielleicht daran, innerlich

Ich nehme euch in meinem Herzen mit
Trage euch mit fort, an den anderen Ort
Weit weg, anderes Land
Welches mir doch bekannt
Vielleicht wartet dort jemand unbekannt
In meinem neuen Land
Ich werde traurig sein, denn ihr seid mein
Doch wenn es wichtig ist, stehe ich hinter der Tür
Nicht neben euch
Dann will ich lieber leben mein EIGENES
Nicht dazugehören, nur durch die Tür hören

Die Liebe wird immer und ewig groß sein
Denn ihr seid mein
So bete ich und sehe euch, wie ihr lacht
Immer, wenn ich an euch gedacht
Ich sehe in eure Gesichter, so sanft
Dann küsse ich euch mit großer Sehnsucht
Doch war es keine Flucht
Es ist wie im Spiel, vielleicht eine Dame zu viel

73 / Mehr als ein Freund

Immer wieder streifen unsere Wege, als Freunde
Du spielst Klavier, aber nicht bei mir
Sprichst von einem anderen Land
Welches mir so gut bekannt
Bist du mehr als mein Freund
Habe ich da etwas WICHTIGES versäumt?
Oh Gott, oh Schreck
Jetzt ist mein Freund mit einer anderen weg …

Doch sehen wir uns irgendwann wieder
Singen dann die gleichen Lieder
Oder habe ich dich nie gekannt?
Vielleicht sind unsere Seelen
Aber auch mit dem gleichen Schicksal verwandt?
Sehe dir doch tief ins Gesicht
Aber warum siehst du mich nicht …

74 / Für Vera

Pflücke dir die schönsten Blumen

Kümmere dich nicht um die Anderen, die nicht gepflückt
Sondern erfreue dich ihres Anblicks
Schenke auch du dein Lächeln, es ist sehr kostbar!
Dein Lachen erfreut auch mich
Warum willst du damit sparen
An diesen wundervollen Tagen?
Verschenke Blumen, aber keinen Tag
Nimm KEINE Rücksicht
Genieße jeden Moment!

Irgendwann sind auch wir die ALTEN
Und dann erst sollten wir lachen über unsere Falten
Jetzt lachen wir in das Leben
Welches Gott uns gegeben!

So wünsche ich dir Gottes Segen auf all deinen Wegen

Deine Freundin

Genieße JETZT das Leben, wir können keine Zeit mehr
nachholen!

75 / Kinderaugen

Schau tief hinein, sie sollten lustig scheinen
Doch wenn du siehst, die Kinderaugen traurig sind
Dann nimm das Kind und hilf ihm geschwind
Du brauchst nicht viel, dass die Augen wieder lachen
Du musst es einfach nur machen, tu es sofort

Mach dir einen Knoten ins Hosenbein, mal dich an
Tu irgendwas, du musst es nur machen
Dann werden die Kinderaugen sicher wieder lachen

Siehst du, es ist ganz einfach
Denk immer daran
Es gibt viel Schlimmeres als blind zu sein
Du aber kannst sehen und bist nicht allein

76 / Mein Freund

Früher war er stets für mich da
Heute kann ich ihm etwas zurückgeben
Von meinem Leben
Ob wir zusammen essen oder uns vorlesen
Wir sind immer noch dieselben Wesen

Der Rahmen um uns herum hat sich verändert
Wie alles auf der Welt
Wenn ich ihn treffen will, sagt er niemals nein
Auch wenn er traurig ist und ist am Weinen
Er wird immer vorhanden sein in meinem Leben
Dafür gebe ich ihm meinen Segen

Früher war es anders, da kam er mit dem Auto
Später zu Fuß
Heute sitzt er gerne und verlässt kaum noch das Haus
Denn er schafft es nicht mehr raus
Es sind die Beine, drum kann er nicht mehr alleine
Heute ist es anders, da besuche ich ihn
Fehlt da vielleicht doch nur Geld
Wäre er dann anders gestellt?
Hätte er dann mehr Kraft in den Beinen?
Nein, ich glaube nicht

Was kann ich tun, ich schreib ihm ein Gedicht

77 / Die wichtigsten Menschen für mich

Die wichtigsten Menschen sind meine Kinder
Meine Enkel
Dann folgen Freunde und Begegnungen
Die man nicht mehr vergisst
Doch Kinder sind ein Teil von uns
Und geben etwas weiter
Vielleicht unbewusst
Manchmal ist es nur ein Lächeln, ein Grübchen
Eine Gestik oder ein Muttermal
Vielleicht sind es gute Eigenschaften
Vielleicht aber auch nicht so gute
Menschen sind tolle Geschöpfe
Egal wie sie sind, was sie tun
Auch wenn wir nackt voreinander stehen
Eines haben wir gemeinsam,
Das ist ein Herz, das sind Gefühle
Freude und Schmerz
Vielleicht sehen wir unsere wichtigsten Menschen nicht
sehr oft
Doch sind sie mit uns verbunden
Ich schließe die Augen
Auch wenn nur für einen Moment
Doch sehe ich euch
Ich schenke euch mein Lächeln
Zünde eine Kerze für euch an
Egal, wo ich bin
Egal, wo ich hingehe
Sie sind immer bei mir
Die wichtigsten Menschen für mich

78 / Danke lieber Gott

Danke lieber Gott, dass ich schreiben kann
Danke lieber Gott, dass ich lesen kann
Danke lieber Gott, dass ich spüren und wahrnehmen kann
Danke lieber Gott, dass ich entscheiden kann
Danke lieber Gott, dass ich lebe
Danke lieber Gott, dass ich zu essen habe

79 / Wir Oldies

Weißer alter Mercedes mit blauen Augen so schön
Will mit dir fahren, weit ans Meer
Das lieben wir doch so sehr
Unsere Hardtops in der Garage
Wir sind niemals eine Blamage
Dein Lenkrad strahlt
Das Leder prahlt
Du mit dem ruhigen Sound

Wir zusammen sind ein gutes Paar
Auch ich trage hinten das H
Nur ich bin viel kleiner als deiner
Mein Lack old english white
Doch mein Lenkrad schwarz aus Leder
Ich trage den Namen Triumph Spitfire
Denn ich fahre für dich durchs Feuer
Mein Sound singt so lebendig
Wenn er anspringt, ständig

Wir fahren diese Ausfahrt zusammen
Vielleicht das letzte Mal
Doch geben wir immer das Beste
Wenn es regnet wir lachen
Mit unserer Schirmmütze mit Brille und lustigen Sachen
Stets haben wir Spaß
Die Leute winken uns zu
Sie freuen sich mit

Oft fahren wir in der Kolonne
Das ist eine Wonne
Doch eines ist nicht schön
Ich fahre allein

Würde viel lieber dein Beifahrer sein

So stehe ich Oldtimer ganz allein in einer Garage
Denke an die schöne Zeit zurück mit dem endlosen Blick
Habe bei jeder Ausfahrt gesungen
Ganz frei und ungezwungen
Doch heute will ich nicht mehr alleine sein

Denke gern zurück, an die Zeit mit dem großen Glück
Davon hatte ich viel, die Liebe zu meinem Automobil
Auch ihr seid geblieben, meine Freunde, meine Lieben
Ich möchte davon keine Minute missen
Dafür noch heute mein Automobil küssen

80 / Die Welt ist zauberhaft schön

Die Welt ist zauberhaft schön
Wie gut, dass das nur wenige **nicht** sehen
Diese wenigen tun sich zusammen und brauen das Gift
Dagegen gehen die einen in Streik
Die anderen in Traurigkeit
Ich fange zuerst bei mir an
Damit ich später anderen helfen kann
Doch die da oben zählen nur ihr Geld
Aber sind die dann wirklich besser gestellt?

81 / Hurra, ich bin wieder da

Hurra ich bin zurück, zum Glück
Es ist soweit, alles habe ich hinter mir
Bin nicht weit entfernt, von dem Lager
Wo einst meine Möbel waren, wirklich in Scharen
Das große Lager, randvoll, nicht wirklich toll
Hilfe, alles meins! So war das mal

Was habe ich daraus gelernt?
Oh Gott, sehr viel
Das Leben ist wie ein Spiel
Einmal geht es dir gut mit viel Mut
Einmal geht es dir schlecht, mit viel Pech

Doch eines habe ich bei meiner Reise nicht vergessen
Meine Freunde, welche Freude

Der ganze Besitz war doch so viel
Im Überdruss bis zum Schluss
Einfach abgeben ist einfacher als festzuhalten
Loslassen und niemanden dafür hassen

So singe ich heute Morgen
Und laufe barfuß durchs nasse Gras
Was für ein Spaß
Ich bin nicht allein
Ein weißer Schmetterling tanzt mit
Und die großartige Natur mit dem weiten Blick
Schenkt mir noch mehr, zum Glück
Die Natur in ihrer vollen Kraft und Macht
Ich rieche das Meer hinter dem Deich
Das frische Heu, welches in diesen Tagen wurde eingefahren

Meine Freunde schlafen, ich hoffe in Ruh`
Denn gestern war ein bedeutender Tag
Ihr Hund wurde angefahren, ist über die Straße gerollt
Doch Gott sein Ende nicht gewollt
So gibt es doch eine große Macht der Natur
Ob Schutzengel oder andere
Sie sind plötzlich da, im richtigen Moment
Ein Gottesgeschenk
Nicht alle Menschen und Tiere haben das Glück
Wer als Nächstes dran ist, weiß man nie

Weiter freue ich mich
Diese vielen Tiere um mich herum
Ich kenne nicht einmal alle ihre Namen
Doch singen sie alle zusammen in einem Chor

Jetzt kommt auch der Hund in den Garten
Legt sich sofort neben das kleine Katzengrab
Also ist auch diese Verbindung nicht gestorben
Der Hund denkt weiter an sie, jeden Morgen

So ist das mit dem Leben und dem Tod
Es bleibt immer etwas zurück
Die Verbindung unserer Seelen
Sie werden immer weiter erzählen

Und wer nicht glaubt daran, kann mich gerne fragen
Aber vielleicht ist er nicht bereit
Hat den Glauben verloren
Für mich ist Glaube das Richtige in dieser Zeit
Ich bin stets für ein Gebet bereit
Ob ich es singe oder pfeife oder ich tue es still
Ich will

Betet auch mal für andere, das ist gut
Habt den Mut
So wünsche ich euch alles Gute
Und Schutzengel zur richtigen Zeit
Die Hauptsache ist, du bist für den Glauben bereit

82 / Eine gute Seele in Eppendorf

Sie ist für mich eine Freundin
Bei ihr bin ich zu Hause, wenn ich brauch eine Pause
Sie hat mich nie vergessen und gibt mir zu Essen
Sie schenkt mir Wärme und hat mich gerne
Ich trage ihr rotes Nachthemd mit Pünktchen
Wir haben zusammen Spaß
Oft lachen wir auch in den Bauch
Aber manchmal schweigen wir auch

Wir sprechen dieselbe Sprache
Noch eines haben wir gemeinsam
Manchmal sind wir einsam
Sie liebt auch die Menschen und ist umgeben vom Leben
Mittendrin in einer Weltstadt
Da wohnt eine besondere Frau, die eine gute Seele hat
So besitze ich ein wertvolles Geschenk
Weil ich oft an sie denk
Vor langer Zeit ich dies geöffnet habe
Und immer in meinem Herzen trage

83 / Zu guter Letzt

Zu guter Letzt fehlt mir nur noch mein Geld
Welches ein sogenannter Freund festhält
Das regt mich wieder so richtig auf
So ein Betrüger und Lügner
Nennt er sich nicht Anwalt für Recht
Geht es ihm denn so schlecht?
Dass er nimmt mein Geld
Hat er sich auf eine andere Seite gestellt?

Das ist dann sein Pech
Aus rein menschlicher Sicht, lässt er mich im Stich
Ich sollte davon berichten, einer bestimmten Kammer
Oh, welch ein Jammer
Nicht für mich, denn er verliert sein Gesicht
Ich verliere zwar mein Geld um was er mich geprellt
Doch kann ich jetzt wieder in Ruhe schlafen
Denn ihn wird man entlarven
Der, der das Geld anderer nahm
Hält von nun an das Pech im Arm
Und ich dachte einmal er sei klug
Ich war blind und sah nicht den Betrug
Doch ab heute habe ich davon genug!

Ich will Dich ...

Melodie:
G5 (2x)
D5 (1x)
G5 (2x)
D5 (1x)
B 4
A 4
B 4
G 4
A 4
G 4

Ich will dich
Ich will dich
Ich will dich
Mit Haut und Haar
La La La
Ganz und gar, La La

Ich will dich
Ich will dich
Ich will dich
Aber nicht das ganze Jahr
Mhm Mhm Mhm Mhm
Mhm Mhm

Das ist uns beiden klar
Denn auch du brauchst die Zeit für dich
La La
Und ich brauch Zeit für mich

La La La La La
Mhm Mhm
Denn ich hab doch auch Freunde
Familie
Auch für die bin ich da
La La La La
La La

Meine Gedanken sind hier und da
Bei dir ganz und gar
La La La
La La La La La

Ich will dich f5 f5
Ganz für mich C5

Hautnah A4 g4 f4
Auch das ist klar
La La La Mhm Mhm
Mhm Mhm

Ich will doch ganz mit dir zusammen sein
La La La
Lass mich rein in dein Herz, besieg meinen Schmerz

Hast du den Mut?
Dann wird sicher alles gut
La La La La
La La La

Sag du auch ja!
La La La
Mhm Mhm Mhm
Mhm Mhm

Stell keine Fragen
Du musst nur ein Wort sagen
Jaaaa

Da da da da
La La La

Dann bist du bei mir
Und ich bei dir

Mhm Mhm Mhm Mhm

Dann hast du mich Mhm Mhm
Ganz für dich
La La

Egal wo wir beide gerade sind
Mhm Mhm Mhm Mhm Mhm

Du kannst deiner sicher sein
Ich bin dann dein
Mhm Mhm Mhm
Mhm Mhm Mhm
Mhm Mhm
Ganz und gar
Mit Haut und Haar
La La La

So lieb ich dich und du hast mich für dich
Ich schlüpfe in dein Bett
Nein, dann ist es auch mein und ich bin dein
Mhm Mhm Mhm
Mhm Mhm

Wenn du mich willst
Halt mich fest
An der Hand
La La
Mhm Mhm
Mhm Mhm
Mhm Mhm

Das Gefühl ist dir
nicht unbekannt
Mhm Mhm Mhm
La La La

Egal, wo du bist
In welchem Land, bin ich bei dir
Mhm Mhm Mhm

F5
C5
G4
C4

Die Wolken werden uns den Weg schon zeigen,
Wir lassen uns einfach mittreiben
Mhm Mhm Mhm
La La La

Dann kommt der Wind
Mhm Mhm Mhm
Mhm Mhm
La La
Und sagt
Wir sind für einander bestimmt

Bestimmt Bestimmt

Mhm Mhm
Mhm Mhm
La La La
La Laaa

Dann wird es Abend
Der Mond scheint nur für uns
La La

Pause - nur Klavierspiel

Ich will dich
Ich will dich
Ich will dich
Mit Haut und Haar
La La La
Ganz und gar, La La

Ich will dich
Du bist der Mann mit Stil
Den ich will
La La La La

Doch wo bist du?
Verschwunden im Nu
La La La Mhm Mhm Mhm Mhm

Ich warte romantisch auf dem Balkon
Mhm Mhm Mhm Mhm
Mhm Mhm Mhm Mhm
Schau in die Ferne und seh die Sterne
La La

Mhm Mhm Mhm

Doch wo bist du?
Verschwunden im Nu
Mhm Mhm
Zum Fußballspiel
Mein schöner Mann mit Stil
La La
Mhm Mhm Mhm

Dann trinke ich Rotwein, allein
Mache mich fein, die Strümpfe aus Netz nur für dich
Mhm Mhm
Mhm Mhm

Das Fußballspiel ist vorbei
Der Mond zieht sich zurück
La La La La
Ich sitze im Dunkeln
Im Mondschein nur für dich
Mhm Mhm
Mhm Mhm

Mhm Mhm Mhm Mhm

Doch dann wach ich auf
Alles war nur ein Traum?
Mhm Mhm Mhm Mhm
Dort drüben auf einem Ast
Zwitschert ein Spatz
La La unser Morgenlied
Mhm Mhm

Und was er gerade sieht

Sind zwei Menschen, die haben sich lieb
Mhm Mhm Mhm
La La La La

An diesem Morgen, sehen wir uns in die Augen
So intensiv, wie nie zuvor
La La
Du flüsterst mir ins Ohr
Dann ist alles klar
Mhm Mhm Mhm Mhm
La La La La

Doch ist dieser Traum wahr?
Frag doch den Spatz, vielleicht sagt er ja?
Und singt unsere Melodie das ganze Jahr
Mhm Mhm Mhm - Mhm Mhm Mhm

85 / Eine außergewöhnliche Begegnung

Wow, was für ein Oldie!
Doch die Dame meinte das Automobil mit Stil
Den Fahrer nimmt sie einfach mit nach Hause
Der Oldie durfte machen eine Pause
So fuhr die Dame mit zu dritt

Das ist nun drei Tage her
Dass er ihre Hand hielt und mehr
Dafür gab er Madame Butterfly frei
Sie durfte unten warten vor dem Garten
Sie mondän, stets brav und still, wie es Mr. Bentley will
Auch wenn er nahm ihr Gewand
Das Kleid Fähnchen genannt
Das macht sie ganz nervös und stottert
Auf eine ganz liebliche Weise, ganz leise

So ist das mit Mr. Bentley und Madame Butterfly
Heute lenkt er sie wieder, hält ihre Hand
Beide ganz stolz, denn ihre ist noch aus echtem Holz

Die Dame kennt nun ein tolles Paar
Mr. Bentley und Madame Butterfly
Die sich sind immer treu
Er sie täglich küsst und poliert
Sich dafür niemals geniert
So ist das zwischen Fahrer und seinem Automobil
Diese Liebe wird niemals zuviel
Auch wenn sie einmal bockt oder schnarcht
Oder kommt mal nicht so in Fahrt
Er muss sie schieben
Sein Automobil wird er immer lieben

Das war die außergewöhnliche Begegnung
Die Dame von nun an an beide denkt
Gentleman Mr. Bentley und Butterfly, die er hat gelenkt
Dies schrieb Madame B mit Stolz
Denn ihre Hand ist nicht aus Holz

86 / Worin liegt hier der Sinn?

Da gibt es einen Namen
Den möchte ich nicht nennen
Denn wenn, würde ich mich zu dieser Familie bekennen
Denn dieser große Name
„Kaufmann und Makler" genannt
Wäre doch sehr vielen bekannt
Einst sein Vater starb
Er aber nur an eines dachte
Wie er daraus Werbung machte
Darüber hinaus, musste seine Mutter aus dem Haus
Einfach ein neues Schloss eingebaut
Somit sein Elternhaus geklaut
Doch bei dieser Arbeit, die er vergab
Ganz vergaß, dass sein Vater starb
Und immer noch still wartet, auf sein Grab
Doch wie es scheint, der Leichnam des Vaters
Den Sohn gar nicht interessierte
Doch eines ist gewiss
Der Sohn sich damit so richtig blamierte
Der Rest der Familie schaut hin
Stellt sich nur die eine Frage
In dieser peinlichen Lage
Worin liegt hier der Sinn?
Doch eines war gut daran
Die Tochter gewann ihre Mutter zurück
Zum Glück

Später dann hielt die Tochter ein Foto in der Hand
Es zeigte die Mutter bei einem Ausflug
Wie sie ihre Augen schließt und dabei genießt
Auf der Rückseite stand geschrieben:

Ich esse gerne Waffeln
Hinter mir eine Frau, sie zählt wie viel ich esse
Verzückt schließe ich hierbei meine Augen
Dazu trinken wir Schlehenwein und sitzen in einem schönen Garten
Es war ein herrlicher Nachmittag, ohne unsere Männer

So weiß die Tochter, dass auch ihre Mutter hatte schöne Momente.

Wenn eine Familie auseinander geht, bleiben große Wunden.

Wenn man dann am Grab steht, stellt man sich doch nur die eine Frage.

Haben wir uns ausgesprochen?

Haben wir uns verabschieden können?

Dann suchen wir nach schönen Erlebnissen, Erinnerungen.

Oder bemerken, dass wir gar nicht einander kannten.

Reden, miteinander reden, das hilft.

Zeit miteinander zu verbringen.

Etwas zuhören.

Da haben wir wieder das Wort Zeit.

Zeit die man niemals nachholen kann, niemand von uns.

Tun Sie es jetzt, egal, was Sie tun wollen!

87 / Weihnachten in Prag

Verdammt, meine Beine sacken wieder zusammen
Zulange hatte ich vergessen, es ging mir gut
Ich hatte wieder Mut
Packte Umzugskisten aus
Reiste in die Vergangenheit, heut

Nein, das will ich nicht
Bin lieber still und mache das, was ich will

Weihnachten steht vor der Tür
Diesmal denke ich nur an mich
Schau in den Spiegel und im Nu freut sich mein Gesicht

Da fällt mir meine Freundin ein, ich ruf sie an
Ein Klick ins Internet und wir sind weg
Diesmal in Prag, dort spielt Mozart, das was ich mag
So reisen wir bald dorthin
Schon hat das Leben einen Sinn

(November 2012)

88 / Ein Tag später

Ich wache auf, freue mich auf Prag
Auf Mozart und meine Freundin
Was für ein schöner Moment
Nur ein Moment später
Sacken meine Beine wieder zusammen
Ich erleide eine einseitige Lähmung
Es hilft, mit Freunden zu telefonieren
Sie hören zu und das tut gut, ich bekomme wieder Mut

Es gibt viel Schlimmeres
Vielleicht geht meine Lähmung zurück
Das wäre dann mein Glück
So denke ich wieder über das Leben nach
Über das Gute und das Schlechte
Ich mach daraus das Beste
Doch eines, das ist gewiss:

Unser Leben ist so wertvoll, mit jedem Augenblick!

89 / Eine Festrede im Stillen

Es ist soweit, mein Sohn geht fort …

Er fährt ein in den Hafen, genannt „Ehe"
Eine großartige Entscheidung
Ein neuer Lebensabschnitt

Doch er bleibt mein Sohn
Auch die Erinnerung bleibt
Wie er klein war
Wie sein Leben war

Früher war ich die Frau um ihn herum
Eine fürsorgliche Mutter
Er ist ein Teil von mir
Ohne mich gäbe es ihn nicht

Früher war ich dabei
Sein erstes Lächeln schenkte er mir
Als er seinen ersten Zahn bekam
Sein erster Gips
Das erste Wort

Nächtelang verbrachten wir auf dem Balkon, durch die
Krankheit Pseudokrupp, seine Schwester musste immer
Rücksicht nehmen
Er brauchte immer feuchte und frische gute Luft
Mit der Schule war es vorbei, Gott sei Dank

Die erste Trennung kam mit dem Kindergartenbesuch
Ich zeigte ihm mein Lächeln, doch weinte auch ich, hinter
dem Zaun, verborgen
Sein erster Unfall dort, der Sturz von der Schaukel

Ich war zuhause und spürte es, rannte los
Er saß im Krankenwagen und weinte, weinte, weil Blut
auf seinem weißen Poloshirt war

Die zweite Trennung
Der Kindergottesdienst am Sonntag

Die dritte Trennung, die Musikschule
Der erste Geigenunterricht
Das erste Vivaldi Konzert draußen im Park vor der alten
Villa

Die vierte Trennung, die Pfadfinder
Die erste Reise über Nacht

Die fünfte Trennung, die Einschulung
In kurzer schwarzer Lederhose, Smokinghemd und Fliege
Dazu ein Lederranzen, den es heute noch gibt
Wie stolz ich war

Dein erster Strohhut, zusammen mit Deiner Schwester in
kurzer Lederhose, Hand in Hand

In Hannover, den Herrenhäuser Gärten, lerntest Du mit
dem Roller zu fahren, später lernten wir dort, Fahrrad zu
fahren, zuerst mit Stützen, dann ohne
Dann folgte das verdammte Skateboard, da hatte ich immer Angst um Dich, danach folgten die schnellen Roller-
skates, ich kam nicht mehr hinterher

Das erste ferngesteuerte Schiff, es ging im See unter
Dein ferngesteuertes Auto, es fuhr viel zu schnell

Dann hast Du auf Deine erste Fahrradklingel gespart

Du hast immer viel gerechnet, später hast Du auf große Sachen gespart
Beim Einkauf hast Du aufgepasst und nachgerechnet, dass ich nicht zuviel bezahle
Oft hast Du einen Fehler entdeckt
Heute passt Du auch noch auf mich auf
Damals auf der Bahnhofstoilette
„Mama, lass dir die Mark zurückgeben, ich musste doch gar nicht."

Viele Kurzreisen ergeben auch eine Weltreise
Deine erste Reise ging in den Garten, auf Dein Baumhaus
Du hast dort geschlafen, ich hielt gegenüber auf dem Balkon Wache
Zuerst waren es kurze Reisen, in den nächsten Wald mit dem Zelt
Später nur noch mit der Plane
Dann begannen Reisen ins Ausland, immer ins Hotel Natur, ohne Heizung, dafür mit Lagerfeuer und meist mit Gitarre und Kochtopf im Rucksack
Nie habe ich erfahren, ob Du gut angekommen bist

„Mama, ich melde mich nur, wenn etwas passiert"

Ich war immer in Sorge um Dich
Deinen Bootsschein habe ich Dir nicht auf der Nordsee, sondern nur auf dem Maschsee erlaubt
Wenn Du auf der Harle gerudert bist oder allein in Deinem Kajak, später mit dem Kanu unterwegs warst, oder mit unserem Oldtimer um die Ecke gesaust bist, immer war ich in Sorge

Unser erster Tanz beim Abi-Ball

Deine Unabhängigkeit, das erste große WG-Zimmer mit eigenem gebautem Hochbett

Mit dem Studium hast Du Hannover verlassen
Das Studium erfolgreich und schnell absolviert
Damit Deine erste Wohnung in Marburg

Ich bin nicht mehr überall dabei, jetzt ist eine andere Frau da
Die Du liebst, die Du heiratest
Mit der Du Dein Leben verbringst
Von nun an ist sie es, die übernimmt
Für Dich da ist, zu jeder Zeit
Mit ihr gemeinsam erlebst Du einen neuen Lebensabschnitt
Mir bleibt die Erinnerung, das, was ich mit Dir erlebt habe

Ich bin sehr stolz auf Dich, mein Sohn!
Du bist ein guter Mensch, als Kind hast Du einen kranken Vogel von der Straße gerettet, später hast Du mit Autisten gearbeitet
Im Umgang mit Behinderung warst Du stets neutral und unbefangen
Blinde Schüler hast Du mir vorgestellt
Du hast viel erreicht, hast einen Baum im Garten unseres Sommerhauses gepflanzt
Ein Auto gekauft und nun reist Du in den Hafen der Ehe, Deine längste Reise
Fühlst die Liebe Deiner Frau
Du teilst Dein Leben
Ein Geschenk auch für mich
Ich weiß Dich gut aufgehoben, geborgen, umsorgt

Ich habe Dich nicht verloren, sondern eine Schwiegertochter dazugewonnen

So wünsche ich Dir mein Sohn und meiner Schwiegertochter das Beste im Leben, dazu Gottes Segen

In Liebe
Mama   *Hamburg, den 21.3.13*

Ende

Eine Einladung und noch kein Geschenk?

„Ratgeber der Naturheilkunde für Jedermann"
Von A wie Abnehmen bis Z wie Zerrung
ISBN 978 3 940063 32 8
Preis 18,95 €

<u>Demnächst:</u>

- Aussteigerin erzählt
- 7 Tage Cornwall im Januar
- Auf nach Italien mit Mutti und ihrem Rollator Ferrari
- Mit dem Auto von Hannover nach Istanbul
- Ein Leben mit Fibromyalgie und die Angst vor Alzheimer
- Kochbuch „Einfach gesund"

Besuchen Sie meine Homepage und schreiben Sie Ihre Geschichte, nur Mut. Vielleicht schreibe ich dazu ein Gedicht oder einen neuen Roman.

www.birgit-herwig.de

Die meisten meiner Gedichte sind während des Romans „AUSSTEIGERIN ERZÄHLT" entstanden und sind aus diesem Grund in dem Roman noch einmal zu lesen.

Es handelt von einer Unternehmerin aus Hamburg, die mal so ganz zwischendurch ihre Existenz aufgibt, nach Ostfriesland zieht, ihrem Traummann übers Internet begegnet, der in der Schweiz lebt. „Prima, dann kann es nicht der Nachbar sein!" Das Leben wird zum Abenteuer mit seinen Höhen und Tiefen, vom Luxus zur Gartenlaube. Eine Gesundheitsberaterin, die unter Internetsucht leidet? „Wie bekommt man Arbeitslosengeld? Nennt man das nicht auch Hartz IV?"

Der eine oder andere wird sich darin wiederfinden …
Also kauft auch meinen Roman „Aussteigerin erzählt"
Aus dem Tagebuch …

Ich denke sehr viel über das Leben nach. Vielleicht spreche ich den einen oder anderen Leser mit meinen Themen an und bewege etwas. Dann habe auch ich etwas mit meiner Poesie erreicht, nämlich euch!

Mein Koffer voller
Geschichten,
das muss einfach
mal alles raus.

Die Autorin

Birgit Herwig, 1959 in Hannover geboren, führte in der Südstadt, im Herzen von Hannover, eine naturheilkundliche Praxis für Vitalität.

2010 erschien ihr erstes Buch: *„Ratgeber der Naturheilkunde für Jedermann"*. Gleich anschließend schrieb sie ihr erstes Märchen und brachte es als Hörbuch heraus. Beides erschien 2010 auf der Frankfurter Buchmesse

VERSTECKT UND UNENTDECKT

schrieb die Autorin bereits Jahre zuvor ein Drehbuch und Kurzgeschichten.

Birgit Herwig ist vielseitig, mal schreibt sie über aktuelle Themen oder einfach ein Kochbuch. Sie lebte 2011 für ein Jahr an der Nordsee, im Fischerort Carolinensiel und schrieb dort hinterm Deich den Roman „Aussteigerin erzählt".

Seit 2012 lebt die Autorin in Hamburg.

Birgit Herwig versucht mit all ihren Werken, die Menschen zurück zu ihrem Glauben zu führen.

FSC
www.fsc.org

MIX

Papier | Fördert
gute Waldnutzung

FSC® C083411

Zeitfracht Medien GmbH
Ferdinand-Jühlke-Straße 7
99095 Erfurt, Deutschland
produktsicherheit@kolibri360.de